기획의 말

그리운 마음일 때 'I Miss You'라고 하는 것은 '내게서 당신이 빠져 있기(miss) 때문에 나는 충분한 존재가 될 수 없다'는 뜻이라는 게 소설가 쓰시마 유코의 아름다운 해석이다. 현재의 세계에는 틀림없이 결여가 있어서 우리는 언제나 무언가를 그리워한다. 한때 우리를 벅차게 했으나 이제는 읽을 수 없게 된 옛날의 시집을 되살리는 작업 또한 그 그리움의 일이다. 어떤 시집이 빠져 있는 한, 우리의 시는 충분해질 수 없다.

더 나아가 옛 시집을 복간하는 일은 한국 시문학사의 역동성이 드러나는 장을 여는 일이 될 수도 있다. 하나의 새로운 예술작품이 창조될 때 일어나는 일은 과거에 있었던 모든 예술작품에도 동시에 일어난다는 것이 시인 엘리엇의 오래된 말이다. 과거가 이룩해놓은 질서는 현재의 성취에 영향받아 다시 배치된다는 것이다. 우리는 현재의 빛에 의지해 어떤 과거를 선택할 것인가. 그렇게 시사(詩史)는 되돌아보며 전진한다.

이 일들을 문학동네는 이미 한 적이 있다. 1996년 11월 황동규, 마종기, 강은교의 청년기 시집들을 복간하며 '포에지 2000' 시리즈가 시작됐다. "생이 덧없고 힘겨울 때 이따금 가슴으로 암송했던 시들, 이미 절판되어 오래된 명성으로만 만날 수 있었던 시들, 동시대를 대표하는 시인들의 젊은 날의 아름다운 연가(戀歌)가 여기 되살아납니다." 당시로서는 드물고 귀했던 그 일을 우리는 이제 다시 시작해보려 한다.

기획의 말

그리운 마음일 때 'I Miss You'라고 하는 것은 '네게서 당신이 빠져 있기(miss) 때문에 나는 충분한 존재가 될 수 없다'는 뜻이라는 게 소설가 쓰시마 유코의 아름다운 해석이다. 현재의 세계에는 틀림없이 결여가 있어서 우리는 언제나 무언가를 그리워한다. 한때 우리를 매혹시켰으나 이제는 잊을 수 없게 된 옛날의 시집을 되살리는 작업 또한 그 그리움의 일이다. 어떤 시집이 빠져 있는 한, 우리의 시는 충분해질 수 없다.

더 나아가 옛 시집을 복간하는 일은 한국 시문학사의 역동성이 드러나는 장을 여는 일이 될 수도 있다. 하나의 새로운 예술작품이 창조될 때 일어나는 일은 과거에 있었던 모든 예술작품에도 동시에 일어난다는 것이 시인 엘리엇의 오래된 말이다. 과거가 이룩해놓은 질서는 현재의 성취에 영향받아 다시 배치된다는 것이다. 우리는 현재의 빛에 의지해 어떤 과거를 선택할 것인가. 그렇게 시사(詩史)는 되돌아보며 전진한다.

이 일들을 문학동네는 이미 한 적이 있다. 1996년 11월 황동규, 마종기, 강은교의 첫 시집들을 복간하며 '포에지 2000' 시리즈가 시작됐다. "생이 빛났고 헐거울 때 이따금 가슴으로 암송했던 시들, 이미 절판되어 오래된 명성으로만 만날 수 있었던 시들, 동시대를 대표하는 시인들의 젊은 날의 아름다운 연가(戀歌)가 여기 되살아납니다." 당시로서는 드물고 귀했던 그 일을 우리는 이제 다시 시작해보려 한다.

귀 안에 슬픈 말 있네

문학동네포에지 061

최문자 시집

귀
안에
슬픈
말
있네

시인의 말

—버리기와 비어 있기

인간은 언젠가는 반드시 자기 상실에 빠진다. 그러나 인간은 마침내는 자기 본래의 모습을 영원한 목격자로서 재발견하게 되는 신으로부터의 축복을 가지고 있다.

—「비극의 탄생」 중에서

시도 마찬가지다. 가지고 있으면 불안했다. 가지고 있는 것의 무게만큼 불안하다. 주먹을 쥐고 있는 것도 불안하다. 잡고 있던 것을 아무데나 스르 흘려버리고 주먹을 좍 펼 때, 그때의 쾌감은 상당하다. 나를 울렁거리게 하기에 충분한 흥분이 되고 있다.

등단 후 7년 동안 시집을 출간하기가 쉽지 않았다. 이 시들이 꽉 잡고 있어야 하는 어떤 짐이 된다면, 나는 또 불안해할 것이 틀림없다. 언제, 어느 거리에 이것을 스르르 놓아버리고 쾌감에 사로잡혀 나는 무슨 짓을 할지도 모르기 때문이다.

이런 불안, 두려움, 부끄러움으로 범벅이 된 처지에 이 책을 내기까지는 두 분과의 만남이 용기가 되었다.

1989년 1월

최문자

개정판 시인의 말

—재발견

시만 쓸 수 있다면 모든 것이 환해질 것이라고 굳게 믿었던 때가 있었다. 그런데 이런 욕망이 굳센 믿음이 갑자기 침묵으로 변하는 고통스러운 시간들이 있었다. 『현대문학』으로 긴 시간에 걸쳐 3회 추천 완료 후 등단한 지 7년 만에 남보다 늦게 첫 시집을 출간했다. 당시 나는 문학적으로 암전 상태였고 모든 것이 불분명해서 꿈꾸는 만큼 어둠이 깊어졌던 시간들을 보내고 있었다. 이형기 선생님께서 어제까지 쓴 시 다 가져오라고 하셨고 그것이 첫시집이 되었다.

33년이 지나서 첫 시집이 복간되는 시점에 첫 시집을 읽었다. 첫 시집은 맨처음으로 시인이 가진 문학적 언어다. 그런데 분명 내가 쓴 시인데도 나를 배반하는 막막한 모호성이 길게 잠복되어 있었고 이미 벅찬 미래가 다가오고 있음에도 낯선 세계에 대한 시들은 미미했다.

이 세계에서 시인의 감각이란 누구도 무엇도 전체일 수는 없다. 줄기차게 시를 읽어주는 사람들 앞에 내 시가 줄줄 재발견되기를 바라고 싶을 뿐.

2022년 겨울
최문자

차례

시인의 말 5
개정판 시인의 말 7

1부 상실을 위하여
뼈 하나의 상실을 위하여 1 13
뼈 하나의 상실을 위하여 2 16
뼈 하나의 상실을 위하여 3 17
뼈 하나의 상실을 위하여 4 18
소외층 19
외출 20
혼자 22
사랑 자국 24
막(幕), 막(膜) 26
안질 28
작곡가 J씨에게 30
시간 뒤에서 31
피해망상 32
불면 1 33
불면 2 34
눈 감기 35
가위, 바위, 보에서 진 것처럼 36
그지없이 외로울 때 38

2부 귀 안에 슬픈 말 있네

산행 41
귀 안에 슬픈 말 있네 42
좋은 서울 44
병신춤 46
APT 소묘 49
국어대사전 만들기 50
한여름 밤 52
폭포 54
오해 56
소금 57
말(言) 58
강물이 하는 말 59
구둣방에서 1 60
구둣방에서 2 61
구둣방에서 3 62
구둣방에서 4 63
구둣방에서 5 64
단발 65
광인의 봄 66
기도원에서 68
자정 69
미명 70

3부 너희는 섬이다

생가 73
눈 이야기 76
난초 78
최씨가 노름 계보 80
돌 1 82
돌 2 83
바람 1 84
바람 2 85
바람 3 86
달빛 87
너희는 섬이다 88
밤낚시 90
그리움 92
산 93
신춘 94
시인의 익사 95
꽃꽃이 96

1부 상실을 위하여

뼈 하나의 상실을 위하여 1

—하나님이 아담을 깊이 잠들게 하시니 잠들 때 그 갈빗대 하나를 취하고 살로 대신 채우시고 그 갈빗대로 여자를 만드시고 그를 아담에게로 이끌어 오시니 아담이 가로되, 이는 내 뼈 중의 뼈요 살 중의 살이라—

태초에 신이
방심하고 있던 한 사나이의 가슴에서
성한 뼈 하나를 빼낼
남자들은 방황하기 시작했다.

떨리는 손으로 가슴을 만져보면
까만 절망이 집히는 빈자리
남자들은 미칠듯이 외로와했다.

사내가 성장하면
뼈들도 조금씩 자랐고
하나의 뼈가 걸려 있던
그 자리도 표가 나게 넓어졌다.
그 자리는 별도 뜨지 않는 어둠이지만
썰렁한 바람 속이지만
때때로
가슴뼈를 그리워했다.

잃어버린 가슴뼈 하나를 찾기 위하여
아무데서나
활짝활짝 열어놓는 가슴
하나가 모자라는 가슴

어느 날
섬뜩한 뼈 하나를 발견한다.

그녀를 포옹할 때
남자의 살
여자의 살
살 두 겹을 사이에 두고
보지 못한 채 서로 만나는 뼈

늘 어긋나던 뼈는
만나도 찾지 못했다.
가슴을 열어도 들어오지 못하는 무게
질긴 여자의 살 속에 갇혀
생명이 되고 있는 뼈

그럴수록
더욱 사라지는 뼈

남자들의 가슴은 아프기 시작했다.

하나의 뼈가 걸려 있던 그 자리도
조금씩 오그라들었다.

흙 속에
해체되는 날
비로소 제자리를 찾는
슬픈 뼈 하나 있다

뼈 하나의 상실을 위하여 2

—나오는 새

새 한 마리가
사로잡혀 있습니다.

푸드득 푸드득
날고 싶은 욕망은
새장 높이에 걸려
미친 돌처럼 뚝 떨어집니다.

우울한 공간에
새장을 빠져나오는
뼈 하나가 있습니다.

산 채로
세상과 삶을 갈라놓을 때
끽끽 울던 뼈

날개옷은 거기 두고
휘파람 불며 걸어나옵니다.

뼈 하나의 상실을 위하여 3
—상할 때

우리 몸이 상할 때
맨 나중까지 남는 것이 있습니다.

어떤 충격에도
삐걱대는 법 없이 서 있다
맨 나중에 쓰러지는 기둥이 있습니다.

닳아서 얇아져도
죽지 않는 팽팽한 줄이 있습니다.

뼈 하나의 상실을 위하여 4

—재혼한 P씨를 생각하며

한없이 같이 걸어가다
곁사람 하나 쓰러진 게
그저, 자갈만한 무게인 줄 알았더니
무심히
텅 빈 안방 보다가 놀라서
슬프기 전에 재혼했다는 P씨

일상에서 튕겨나간 돌
양지바른 산에 묻고 나서
더욱 무시할 수 없는 돌

저물녘,
귀가해보면
새여자 치마끝에
여기저기 걸리는 낯익은 돌

이 좋은 맛
흐르기도 전에
새여자는 신경질적으로
틈마다 끼어 있는
돌의 체온을 닦아낸다.

소외층

15층 아파트
발꿈치 옆에
순한 풀들이 숨어서 자란다.

언제나 그늘인 것도 감사하면서
눈길 한번 없는 것도 맘 상치 않으면서
고분고분
초록빛만 영롱한데

장마가 들면
여기는 순교하는 자리
비 오는 법은 같아도
비에 젖는 처지는 다른 법
그 비에

15층 아파트는
발등만 적시는데
순한 풀들의 삶은
갈래갈래 뒤집혀
흰뿌리까지 훤하게 드러내고
아는 이 없이
숨어서 죽는다.

외출

안대를 하고 길을 나섰습니다.
한 눈 안에 잠긴 어둠이
성한 시력마저 거두어갔는가?

길을 건널 때
보이는 것은 모두 흐린 꽃이었습니다.
말소리까지 귀를 되돌아서
꽃에 묻혔습니다.

가물가물 흐려지면서도
더욱 선명해지는 건
안으로 뜨는 눈이었습니다.

뜨뜨뜨
소음의 홍수에 떠밀리는 맹인 신호
눈먼 귀뚜라미떼가
매달려 울고 있습니다.

한 눈으로
눈이 없는 자의 가슴을 만졌습니다.
수없이 뜨고 죽은 시력의 뼈

안대를 하고
횡단보도를 건넜습니다.

짧은 귀뚜라미 소리에 쫓기며……

혼자

친구가 자궁암으로 죽던 날
폭풍주의보가 내렸다.
사람들은 숨가쁘게 집으로 돌아갔지만
나는 강으로 갔다.

나는 강 끝을 향해 가고
바람은 나를 향해 쓰러지다가
내 눈물자국을 본다.

색깔은 없으나
슬픔의 흔적이
빛깔보다 진하게 붙들려 있는 실체

흥분한 바람에 얹혀서도
눈물은 마르지 않는다.

어둠도
이 눈물을 지우지 못한다.
떠내려갈 수도 없는 무게가 있다.

없어지고 사라지는 아득함 속에
그녀가 죽어 있는 시간
나는 하늘로 향해 오색 꽃잎을 뿌리고 싶었다.

그녀는 혼자였다.
그녀가 죽기 전에도 혼자였다.
죽음 바로 바깥에서 한없이 서성거릴 때
떠도는 죽음 곁에 혼자였다.

모두가 생생하게 살아오를 때
더욱더 혼자였다.

그녀는 죽기 전에
이미 죽어 있었다.
혼자 죽어 있었다.

폭풍주의보가 내린 날
그녀는 미리 혼자가 된 것이다.

사랑 자국

푸른빛 감도는
신호 하나를 봅니다.

안개지역에서는 선명한 빛살
가슴 언저리에서는 흘러가지 않는 아픔의 물결로 출렁거리기 위하여
지나간 시간
어느 한 점에 깊은 자국
무심중에 바라보아도
그것은 언제나
피 흘리는 모습입니다.

그대의 가슴께에도
똑같은 형상으로 자국 하나 파이게 하고
옴폭 들어간 골마다
아픔을 갈다 돌아온 이빨이
내 눈물을 보고서야 물러서는 이 밤
나는 별안간 목이 마릅니다.

이빨로 그린
사위지 않는 고통의 무늬.
사월에도
선달에도
무시로

죽음으로도
비켜서지 못하게 하고
새순 돋는 꿈도 문질러버려
나의 사상은
늘 우울한 혼돈입니다.

막(幕), 막(膜)

유년시절,
막(幕)을 치고 놀았다.
일어서면
어깨 높이로 찰랑거리는 막으로
일렁거리는 공간을 이리저리 분할하고
그 작은 공간이 좋아서
얼굴을 막 뒤에 숨기고
막을 뚫고 새는 빛으로
흐릿한 희망을 만지면서
웅크리고 잠에 빠졌다.

그때마다
꿈에서
바람은
흔들림도 없이 다가와
막을 걷어올리고
희망에서 깨어나게 하였다.

어른이 되어서도
나는 여전히 막(膜)을 치고 살았다.
개구리처럼 흐린 막 속에 알을 낳고
부끄러운 곳을
반투명의 막으로 가리면서
어두운 놀음에서 지리한 줄도 모르고

서른이 되고
마흔도 되었다.

안질

한낮
키싱어 두 마리의 싸움이 있었다.
키싱어 한 마리가 눈을 감는다.
겉보기는 입맞춤으로 보여도
실상은 생명을 건 싸움이었다.
죽은 눈 언저리
그 양질의 비늘에서
끝없이 떠나는 생명.

오후 두시
살아남은 한 마리가
죽은 놈의 이마부터 먹기 시작했다.
죽어도 쉴 곳이나 보게 하지.

감은 눈이 먹힐 때
나는 왼쪽 눈가에 통증을 느꼈다.

그 비밀스러운 식성을
망설임 없이 용서하는 오후.
나는 전에 없던 눈앓이를 한다.

저녁 일곱시
키싱어 한 마리
있으나 없으나

어항물은 그대로 맹물이었다.

작곡가 J씨에게

—음표들이 보내는 노래

당신이 비가를 작곡할 때
우리는 눈물이었다.
음표 위에 쓰러진 눈물
오선 위에 방울방울 스몄다가
생명 모두를 흘렸다.

당신이 오선지 위에 음표를 그려넣을 때
우리는 없어졌으나
돌보다 무거운 무게로
오선을 끌어당기며
흐름과 소용돌이 없어도
무한한 의미의 물결을 일으켰다.

우리는 눈물
눈물은 눈물 그대로 있지 않고

놀라운 모티브
도취되는 소리의 높이에서
우리는 눈물로 가라앉지 않고
조약돌보다 더 둥글어진 음표 위에서
태고의 소리로
다시 태어난다
당신의 음악을 위하여

시간 뒤에서

시간은 좋은 맛으로 흐른다.
땅속으로 땅속으로
하늘로 하늘로
아무도 스며들지 못하게 하고
방임하고 있는 사이
잘 닦여진 길로
쏜살이다.

이 빠른 맛에서
문득 깨어나보면

이빨이 없어도
시간에게 물린 자국은
순간순간 사납게 쑤신다.

피해망상

욕망의 크기만큼
거죽으로
혹이 생겨 자라난다면
아, 아뜩하다
이 시대의 거리는
사람은 안 보이고
혹만 눈에 띄게 거대해져서
혹이 사람을 끌고 다닐 테니,
아, 아뜩하다.

불면 1

어제 끝난 이야기가
나를 불러냅니다.

등을 돌린 잠은
하늘로
새어나가는 새.

한낮 동안
내가 흘린 핏방울이
벽에 걸린 피카소의 그림 액자에 얹혀
나를 보는데

이 밤,
온갖 것 되살리고 무너뜨리다가
이미 깨어진 잠의 가생이를 기어다니는
나는 눈알만 큰 벌레.

새벽의 문전에서 노여움으로 설설 기어다니다가
반원을 긋고 쓰러져버리는
나는
불안한 벌레.

불면 2

K 시인이 쓴
탄탄한 시집 한 권을 읽고
나는 흔들립니다.

그 많은 언어가
언어로 끝나지 않고
소리 없이 만나서 반짝일 때

시는
이제 내 손에서 멀리 떨어진 꽃
문자만 있고
의미는 일시에 죽은 듯하여

나는 쓰러져 있던 시혼을 일으키다
다시 혼절합니다.

눈 감기

눈 감기가 재미있다.
눈으로 가둔 빛은
내부에 어리는 눈물까지 보게 하니까

눈 감기가 재미있다.
눈을 감으면 안에서 안으로 바람처럼 열리는 눈

눈 감기가 정말 재미있다.
그것은
수천 번 속눈을 뜨게 하니까

가위, 바위, 보에서 진 것처럼

가위, 바위, 보에서
진 것처럼
그렇게 살자.

순간적으로 걸려드는
열패감을 즐기면서
진 것처럼 살자.

승자는
못난이의 속이 지옥이겠으나
떨리는 승자의 발등을 내려다보면서
보이지 않게 웃자.

자고 나서 떠나는
새벽 여행길에서 한 것처럼
안개 냄새 속에서 살짝 웃자.

소문도 없이
정신병원에 갇히듯
비굴에 갇혀 있다 해도 좋다.

솜털 난 욕망의 끝에서
또 한번 솟구쳐 패배하자.

영웅의 쌍무지개는 뜨지 않아도
무거운 승리 내려놓고
향긋하게 지는 것이다.

그지없이 외로울 때

그지없이 자유로울 때
자유를 견디기 위해
외로울 때

잎 하나 없는 빈가지에
움츠린 새 같다.

울지도 못하는 새
잘 날지도 못하는 새
허공에 뜨지 않으면
죽는 새

새는
산으로 넘어가지만
갈증은 목에 걸려 있다.

으시시
한기까지 맴도는 외로움

2부 귀 안에 슬픈 말 있네

산행

산에 오르다 헐렁한 개미집 하나를 밟았다. 수많은 미물의 작은 심장이 소리도 없이 일시에 터졌을 테지.

남은 그들은 죽음을 피해서 주검을 넘어서 어디가 앞인 줄도 모르고 술술술 쉴 사이 없이 전진했다. 그중에 어느 놈은 바르르 떠는 잘린 다리 옆에서 빵을 굴려가고 있었다. 그들은 이미 깊은 산속 한 움을 파고 살을 섞으며 찬란한 꿈을 맞대던 사이가 아니었다. 등산화 콧잔등까지 기어오르는 놈도 있긴 했지만 그 검고 번질거리는 시선은 인간보다 더 비겁한 눈길이었다.

어릴 적 내 고향에선 목숨이 하나 떠나도 마을은 네 집, 내 집 없이 울음이었다. 소리로 울고 몸짓으로 울고 소문으로 울고 가슴 시리게 울어주었다. 망인이 동구밖 길로 실려 나갈 때까지는 웃음도 참고 굵은 베옷 같은 얼굴로 지냈다. 꽃냄새 나는 들길을 지나 이승으로 떠나면서도 망인은 흐뭇했을 테지

산을 내려오면서 아래를 내려다보았다. 그곳은 어디나 꽉 차 있었고 서로 떠밀고 떠밀리면서 미물처럼 술술술 기어다녔다.

임자 없는 죽음의 끝에서

귀 안에 슬픈 말 있네

언제부터인가 귀에서 이명이 들린다.
소리로 변신한 말이다.
귀 안에 들어 있는 슬픈 말이다.

제재소에서 작은 톱날로 나이테를 자를 때 퍼지는
긴 음절로 된 뜻 모를 말
환상의 소리

국어사전을 찾을 필요도 없이
쉬운 말이지만
유리컵에 담긴 물처럼
훤히 다 드러나보이는 말이지만
녹음도 해둘 수 없이
불시에 들리는 불확실한 말이지만

혼자일 때
그 말은
한 판 춤까지 추다가 고흐처럼
내 귀를 자르고 싶게 질긴 고통을 만든다.

의사는 시를 써보라지만
시는 약하고
소리는 진해서
시가 소리에게 먹혀 죽는 밤은

내 귀는 난청 지역
귀와 인연을 끊고 싶은 순간이다.

40년을 나와 살고도
맞대면하고 쏟아놓지 못하는 말.
그 말을 하기 위하여
어두운 의식을 향해 던지는
소리의 돌팔매

이 새벽
나는 더는 못 참고
백기를 든다.
남은 생은
두 귀의 행복을 위해 살겠노라고.

좋은 서울

서울은
슬픈 날이 많아서
나는 좋다.

어우러진 빌딩의 높이만큼
시름도 높아지는 길목에
흔들리는 사내들의 어깨는
간절히 기쁜 날을 꿈꾸지만
매순간 잠잠하게 대드는 슬픈 날은
맞을 때마다
가슴이 시리다.

39℃의 고열로
네 시간을 쏘다녀도
서울은 얼음장
촉수 높여 가로등을 켜줘도
가슴은 더욱 깜깜해 슬픈 날.
시청앞에서 지하철을 내린다.
도심으로 쏟아지는 슬픈 발들이
동서남북으로 하루를 날품팔이하다
동서남북으로
꾸벅꾸벅 졸면서 돌아간다.
보기만 해도 힘들어 뵈는 발

기차 버스 막차들이
소리없이 서울을 차고 나가도
세뇌당한 발들은
마지막까지 남아 반짝이는 데 길들여져 있다.

서울은
슬픈 날이 있어서
정말 좋다.

슬픈 날이 없다면
이 여리고 아픈 얼굴들 어느 날 내밀어볼까?

서울에 떠다니는
많고 많은 슬픈 날
그날만은
나는 모가지를 쳐들고
더 많은 세상의 무표정을 본다.

매일밤
잠들지 못하는 서울에
둥둥 떠다니는 슬픔이 좋아서
나는 서울을 갖는다.

병신춤

눈 떠봐라
정말로 눈 떠보라
꼽추 하나가 병신춤을 추고 있다.
갖가지 병신 다 제끼고
혼자만 병신인 양 병신춤 춘다.
눈에 아롱아롱 눈물을 담고
등 굽은 게
모처럼 신이 나서
동서남북을 향해
팔삿대질하여
사랑보다 진하게 춤을 춘다.

세상살이에 잃은 입맛
쩍쩍 다시며
천지에 이미 없는
지어미의 혼백 언저리를 돌듯
서러운 발, 굳은 땅을 지치며
굽이굽이 돌아갔다

모두
문 열고 나와보라.
이 시대의 마당 끝에서
한판 어우러지는 병신춤.
불그러진 낙타등

지상에 다 내놓고
허무의 끝에서 손짓하는데
꼽추가 아니라고 해서
우리 손 잡고 걷는다

동쪽으로 가도 병신 만나고
서쪽으로 가도 병신 만나고
어디로 가도 소복한 게 병신인데
아무리 문 잠그고 숨어도
왼통 눈 밝은 세상

인적 끊긴 곳에서
병신된 의식만 가리고 성한 척

다 나와 추라.
좌르르 좌르르 무거운 어깨
병신 어깨 다 내어놓고
고독한 모습으로 춤을 추자.

푸른 달빛이 깔릴 때까지
그동안 꽁꽁 싸맨
서로의 불구를 확인하며
슬픔이 향기롭게 풀릴 때까지

오냐 오냐
흰 옷자락 펄럭이며
얼마든지 추라!

APT 소묘

아이들이 벽 안에 물처럼 잠겨 있습니다. 찰랑찰랑거리며
같은 높이에 묶여 장난치고 있습니다.
가라앉지도 않고 떠오르지도 않으면서……
그림자도 없는 아이들
발자욱도 없는 아이들이
밤이 되면
촉수 높은 불을 켜고
풀벌레처럼 엎드려 책을 봅니다.
맨눈으로는 달무리처럼 아리송한 것들이 안경 밖에서 돋보이는 시력. 그 동강동강난 짧은 시선으로 상기된 문자들을 오랜 시간 읽어냅니다.

날마다 조금씩 시들어지는 풀꽃 같은 아이들.
어디 빈 하늘이 없을까 하여 창을 열지만, 어디나 꽉 들어찬 경망스럽게 잘린 건물로 하늘은 복잡하게 일렁거립니다.

아침이 되면, 창백한 꿈에서 깨어나와 어수선하게 자란 머리채를 흔들고 하나씩 별처럼 사라집니다.

점점 새어나가는 빈 집.
고독으로 시달린 문턱에 늙은 사내 경비가 시계추처럼 같은 거리 오가며 망을 봅니다.

국어대사전 만들기

국어학자 여섯 분이 국어대사전을 만들기로 했다. 오래 오래 참으며 엉킨 말줄기의 끝가닥을 풀어내기로 했다.

문자의 그림자 뒤에서 새롭던 날들이 다 죽어가도 더욱더 조그맣게 스치는 언어의 실뿌리까지 어느 하루도 속눈 뜨고 좇느라 가슴에 골 파였다.

편찬위원 강교수는 어느 날 꿈에서 자꾸 벼랑 끝으로 밀렸다. 눈도 없는 뒤로 걷다가 그는 이름 모를 작은 흰 꽃이 피는 나뭇가지를 휘어잡고 겨우 살아났는데, 그때, 끝으로 남은 그의 언어는 겨우 감탄사의 단조로운 몇 음절뿐이었다. 그가 매만진 그 매끈매끈한 말들은 다 어디로 갔는가?

이튿날, 강교수는 꿈에서 나와 다시 서로 모이는 곳으로 갔다. 어젯밤 악몽을 안 보이게 감추면서 읽고, 지우고, 만지고, 닦고, 묶고, 가리고, 더 덧붙여가면서 언어규칙의 언저리를 맴돌았다.

그들은 어지러웠다.

그들이 지쳐버린 것을 알아챈 사람들이 이렇게 말했다.

"말장난 다 끝나기도 전에 흙속에 묻히고 말걸세."

그래. 태초에 그들의 눈은 이미 흙눈이었다. 흙눈 뜨고 언어의 깊은 몸속을 들여다보았다. 천천히 의미가 되어 살아나는 언어의 맑은 물줄기……

강교수가 몇 번씩 혼절하다 의식이 가물가물해졌다는 소문이 언어학계에 나돌 무렵, 그들이 닦아놓은 언어들은 불을 켜고 거리의 서점가에 나와 앉았다. 모든 사람들의 일상에서 달빛처럼 흐르며 빛나고 있었다.

한여름 밤

한여름 밤.
방충망에 모기 한 마리 부르르 몸을 떤다.
내 벌거숭이 몸 속에
웅성거리는 피를 보고……

한여름 밤.
방충망을 사이에 두고
모기와 내가 마주서 있다.
싸움할 듯, 싸움할 듯.

허무 속에 잠긴 달빛을 받고
더욱 교활해지는 미물.
부동, 그 맹랑한 자세로 흘려버리는 저 입술소리는
우는 건지, 웃는 건지.
풀빛으로
풀냄새로
한여름 밤 순수에 금을 긋는다.

한여름 밤,
막연한 공포로
우리는 해쓱하게 지쳐 있다.

그 미미한 미물과
생존으로 하여

그와 내가 마음 상하고 있다.

폭포

—나이아가라 폭포, 멀리서 가까이서 보고, 또 보면서

두고 보자.
두고 보자.
나는 큰소리칠 때 있을 테니

굽이굽이 산굽이
몇 굽이를 돌아 흐르면서
벼르고 별렀는데.

벼랑에 이르러
화려한 굉음으로
물이 소리 되려 하니,

찬란한 물보라 튀기며
무색이 그 이상의 황홀로
변신하려 하니
그것은 커다란 아픔이었다.

고요하게 흐를 때에는
모든 황홀은 금지되었었지.
어둠도 안고
강풍도 수용하면서

그러나
한쪽으로는

늘 울렁거리는 수로를 뚫으면서
침묵에서 넘치기까지
터질 듯하기에 더욱 빛나기까지

오래오래
몸을 굽혀 겸손해져서 오느라
일정한 형상마저 지니지 못했다.

그러나
이 거대한 성숙 앞에
이제
흐름의 균형을 깨고
그 모습 그대로 정지한다 해도
잃을 것은 하나 없구나.

오해

깃을 떨린 새도
새처럼 보인다.

날지 못해도
깃만 있으면
새처럼 보인다.

날면 모두 다 새처럼 보인다.

말소리는 없어도
새는 말한다.

나는 날아가는 게 아니라고.
날아가도 나는 새가 아니라고.

소금

배추를 절이다가
녹지 않은 소금 하나를 본다.

물에 녹기를 배반하고
투명하게 살아 있는 목숨

녹기만 하던
오랜 삶.
그 위선의 잠에서 깨어나는 의식

녹아서 다시 태어날 때
소금이 될까 두려워
녹지 못하는 영혼

그 푸른 의식에
배추의 무성한 잎이 시든다.

말(言)

둘이 있어도
할말이 없다.

열이 있어도
할말이 없다.

그 수가 스물이 넘게 보이면
더욱 도망치는 말

15층 꼭대기에 혼자 오르니
말 터지네.
가벼운 날짐승이 되어 하늘로 살아오르는 말.

강물이 하는 말

너무 많은 걸 지우고 와서
흐르지 않고 있으면
우울합니다.

멈추지 못하는 것이
내 삶의 법이라지만

밤마다 흘려버린
무수한 땅들이 그리워
소리까지 우울합니다.

구둣방에서 1

구두 한 켤레 고르기에
두 시간이 걸렸다.
수없이 고르다보니
그건 구두가 아니라
발들이 되어 있었다.

무수히
사람을 놓친 발들이
발을 찾고 있다.
만발한 발을 지나서
나는 엉뚱한 구두 한 켤레를 산다.

두 시간 동안
만났던 발들이
나를 보고 일제히 웃는다.
개발의 편자라고.

구둣방에서 2

저 비어 있는
한 켤레의 공간으로
어느 육신이 머무를 것인가?

발 하나 들어갈 만하게
비워놓은
절대의 자리에
누구의 하루가 쏟아질 것인가?

저 빈자리에
봄은 오는데.
어느 한순간의 자국을 찍기 위해
기다리고 있는 순한 마음들이다.

구둣방에서 3

구두는
나를 지킨다.
내가 울음을 그칠 때까지.
재촉하는 일도 없이
위로하는 말 한마디 없이
벗어놓아도
신고 섰어도
나를 기다려준다.

언젠가는
끝나버릴
충만한 저 연기.

구둣방에서 4

구두는 왜 신나?
윤이 나는
가죽일 것밖에 없는데.

긴 시간
그것을 그렇게까지 신뢰하면서
꿈틀대는 온몸을
맡겨도 되나?

내 발을 위해
털을 깎인 윤나는 가죽소를 타고
나는 어디로 가나

구둣방에서 5

이제까지의 삶을 부인하듯
이제까지의 허물을 벗기 위해
지금까지의 신발을 신고
앞으로의 신발을 찾는다.

헌것과 새것이
같은 시각에
한 사람의 마음 끝에서
호명을 기다리고 있다.

단발

하나님이
그 수를 기억하고 계신다고 했다.

그도 다치지 아니한 머리숱을.
사랑이 술술 다 빠져나간 빈 손가락이
그의 것을 오려낸다.

꽃 떨어지듯
이승의 바닥에 떨어지는 몸

그이가 손을 얹고
동그랗게 빗어내린 축복
한없이 잘리우고
죄를 위해 다시 자라날 풀

그 끝마다
관능이 몸을 떨고 있다.

광인의 봄

안암동
로터리에서
미친 남자와 만났다.
그의 눈엔
오히려 내가 미쳐 있었다.

그는
시간에서 탈출하고
매듭에서 풀려난
물오른 자유인

그의 한 속을
맘껏 흐르는 봄

헌데마다 봄꿈을 꾸는가 보다.
무성하게 풀어놓은 허전한 웃음이
땅으로 떨리고 있다.
그의 눈 속엔
오히려 내가 지쳐 있었다.
그의 한 속에

맹랑하게 깨어 있는 방심
그에게 태어난 시간은
내가 잃은 시간.

그에게는
봄꽃도 꽃이 아닌 꽃들
봄도 봄 같지 않은 봄
안암동 로터리에서
모처럼 부러운 자유인과 만났다.

기도원에서

모두 입술을 움직이고 있었다. 빠르게 느리게 또 때로는 아슬아슬하게 떨기도 하면서. 가슴을 움직여야 하는데…… 흥분의 고비에서 그들은 반짝이는 것을 보는가 보다. 반짝이는 것이라고 다 그의 것이 아닌데……

폭포 옆 오른쪽 바위에 나도 자리를 잡는다. 처음엔 그 큰 물소리에 기대어 물소리 비슷한 소리로 몇 번 그 이름 불러보았지만, 입술 속에는 없는 이, 한밤내 불러도 그는 내게 오지 않는다. 멀리 있게 하면 비길 데 없이 멀리 있는 분.

사흘째 되는 날, 주명(朱明). 나는 막달라 마리아처럼 확신을 가지고 설레며 바위로 갔다.

"구멍을 뚫어라."

늘 빛나는 탑으로 보이던 내 가죽부대에 구멍을 뚫는다. 줄줄줄 쉼없이 쏟아져 씻길 사이도 없이 잔돌에 산산이 조각나는 주홍빛 무게 끝도 없이 쏟아져내리는 낙하의 행렬 처음으로 맛본다. 이 기분 좋은 나의 부재

단 한 번의 이 거룩한 순간일지라도 온통 반짝거림의 투성이인 그 황홀을 슬픈 사람들아, 너희들은 모르지?

자정

떨린다.
발바닥이 간지럽도록
땅이 떨린다.

떨림.
그 떨림으로
겨울 밤 내내 내가 깨어 있는 걸
아무도 모른다.

보이는 것들은
다 떠는 것처럼 보인다.
휘어진 어깨에 얹혀 떠는 머리털 한 겹
그 미세한 흔들림이 찬란하여
눈이 그칠 때까지 보고 또 보았다.

길고 자욱한 지금이 아니고야
한낮 동안 세상으로 떨어뜨린
허약한 내 모습이
이렇게 황홀한 떨림으로 되살아올까?

미명

태양이 뜨기 전에
어둠의 심지를 밀고
태양이 되고 싶어 목이 마른 빛살

간밤에 깊은 밤을
시인이 갈갈이 찢어놓은 밤을
가지가지 배암처럼 휘감는 잿빛 손

일만 사람의 잠을 씻기고 돌아오다
문득 기적처럼 이루는 한 신비로움

그러나
빛 떠오면
잿빛, 너는 죽으리라
네가 숨긴 땅 위의 불확실한 온갖 형상들이
발가락까지 드러나서
너의 우중충한 사상은 내일까지 돌이 되어야 한다.

간밤에
한 줄의 시도 남기지 못한 것이
미명의 이 찬란한 곡절을 감지하려 했음인가?

3부 너희는 섬이다

생가

그곳에 가면
바람소리도 휘파람소리 같고
꽃만 보고
범람하는 꽃만 보고 저어대던
나비떼의 싱그런 춤.

고향엔
산도 집 같고
집도 산 같아서
눈 온 밤은 꿈속이었다.

산에서 울었는지
뒤뜰에서 울었는지
새소리마다 내려와 앉고
찌르레기 울음 훌쩍훌쩍
풀 키를 넘으면
나의 유년은 속살처럼 눈부셨다.

그 시절에
남빛 스란치마 챙겨 입고
육간대청에 빛을 돋우시던 어머니.
밤마다
등피를 닦듯
우리의 아픔을 닦아내고

양손을 풀어
정을 가꾸시던 곳.

거듭거듭 새겨온다.
그 정결한 기억
오후의 눈부심으로

어느 사이
깨끗한 두 눈 황톳빛으로 흐려지고
보채는 소리도 없이
눈 속에 가득 들어앉은
고통의 흰 날개.

팔을 걷고
머리를 풀어
고향집 솟아나던

정절은 물로
열 번씩 헹구며 머리 감고 싶어라.

솟을대문 뒤에 머물던
눈부신 햇살로
젖은 머리 말리며
소름 돋도록 빗질하고 싶어라.

그곳은
늘 그리운 자의 손짓이었는데
지금은
연기 같은 모습이어서
강을 건너도
만날 수 없어라.

눈 이야기

저녁때부터 눈이 내렸다.
산들은 스스로 하얗게 서로 이어지고.
더러 바다에 떨어진 것들은 아슬아슬하게 살아 있다가
녹은 만큼 출렁거릴 바다의 깊이가 되었다.

그 깊은 하늘 속에서
얼마나 얼었길래
만져지지도 않는 몸에서
영하의 차가움이 쏟아지니?

그 빛깔은
어둠 때문에
더욱 아름다운 순백의 관이 되어
어느 것 위에 얹혀져도
놀랍게 반짝인다.
밤이 되니
눈은 더욱 빠르게 내렸다.

불안한 순결이
조바심으로 밤샘을 하면서
불가능의 높이로 쌓여만 간다.

바람보다 더 투명한 광채로
거리는 기적적으로 바뀌고,

더는 간직하지 못해
순백으로
깨어지는 황홀.

새벽이 되자
눈은 거짓말처럼 그쳤다.
너무 높은 데 있었던 눈물이
땅 끝에 창백하게 얼어 있었다.

꼬박
하룻밤을 순백으로 있기 위하여
산 위에서 바다로,
앞에서, 옆에서, 뒤에서, 그리고 머리 위에서
가장 순수한 시간을 기다렸다.

아침에
그것은
생기 없는 수액이 되어
분명히 있어도
없는 듯하였다.

난초

산에서 뽑힐 때
이미 풀이었다.

나와 섞이면서
그 혼은
산을 향해 길 떠났나보다.

언제나
흐린 모습
빈 몸으로 서 있는
위기의 풀

어느 날
조짐도 없이
치잣빛 꽃을 피워놓고도
내심은 산에 가 있으리라.

만개된 난꽃에서
풀꽃 냄새가 난다.
혼이 떠난 냄새
꽃을 피우고야 더욱 알아진 꽃의 진실

그러나
산 밖에 나와서도

꽃필 줄 아니
산에서 뽑힐 때
이미 잡풀이었다.

최씨가 노름 계보

최씨가의 아들들이 노름병을 앓기 시작한 것이 왕고모님 말로는 6대조 왕할아버지 때부터라고 하지만 나는 고개를 젓는다. 우리가 최씨성을 갖기 이전에 삶을 겉돌다 죽은 혼이 우연성 높은 꿈을 꾸다가 발자국도 없이 우리 최씨가에 정착한 줄 알고 있다.

다섯 살 때는 사랑방이 웅덩이로 보였다. 그중에서도 할아버지는 제일 깊은 곳에 빠진 사람처럼 보였다. 그렇지 않고서야 한번 들어앉으면 몇 날 며칠을 그렇게 버틸 수 있을까? 열흘도 좋다. 보름도 좋다. 골패짝 소리에서 무능한 남자가 흘리는 태만의 냄새를 맡았다. 그 냄새는 할머니의 가슴을 지나 어머니의 가슴을 타고 또아리를 틀고 굳어버렸다.

노름은 귀신, 이방 저방 드나드는 귀신. 골패만 봐도 토악질하던 아버지가 오래전에 잃은 할아버지의 은전을 찾아서 다시 웅덩이에 앉아 죄의 숨결로 가득찬 대를 잇는다.

할아버지는 최씨가의 여자들을 다 재워놓고 아침이 되기 전에 낯선 자에게 집을 내다팔았다. 허무의 골패조각을 뒤집던 더러운 손가락으로 종이 한 장에 몇 글자 써서 삶도 팔아넘긴다.

그 삶에 주렁주렁 매달린 식솔들이 저마다 가닥가닥 꼬이고 잘리는 아픔을 당해도 눈감아버리는 노름은 타들어가는 관능

손을 탁탁 털고 돌아설 땐 타던 관능의 불도 꺼지고 이미 숨이 차고 목이 말라서 흐르는 유성처럼 아무 땅이나 몸을 쑤셔박듯 맥없이 죽어갔다. 외할아버지 머리맡을 지키다 따라 죽던 골패짝. 골패짝만큼 작아진 최씨가.

그러나 이제 최씨가의 노름 족보는 무의미하고 무색하다. 사슴족보다 더 화려한 노름족이 모나코 왕국만한 크기로 아무데서나 돋아나 라스베가스로 탄생된다.

사전에는 BC 1600년 전 이집트에서 그 기원이 유래되었다고 쓰여 있지만 그건 도통 모르는 소리. 우리가 최씨 성을 받기 훨씬 이전 사탄은 여자보다도 남자들에게 환상 속에서나마 일확천금을 얻는 허망한 꿈의 씨앗을 밭을 깊게 갈아 부치고 심어두었다.

최씨가는 나로서 절손인데 그 씨는 무서운 생식의 뼈를 세우면서 다른 세상 모든 남자에게 열병을 가르치고 있다.

돌 1
—돌 줍기

부드럽던 강물이 떠나니
돌이 되고 말았구나.

부당하게 돌출된 눈을 뜨고
새순 돋지 않는
몸을 흔들며
살 맞대고 살기로 작정한 너희들 중에
나는 빼어난 하나를 선택해야 한다.

무서운 피돌기처럼
다시 강물이 돌거든
더 찬란한 돌부리로 성장하여

10미터 전방에
예감 없이 내가 걸어올 때

헛발질 무성할
내 무릎을 꺾어
내 피로 너를 적시게 하라

쓰러지며 발견할
돌 중의 돌
나는 찾고 싶다.

돌 2
—조약돌

어디에도
네 마음이 없다.

젖은 자리는
물 근처라서

마른 자리는
바람 근처라서

한없이 주저하는 사이
네 사상은 닳고 닳아서
지성은 불확실해지고
투명한 의식만
미완성의 동그라미로 남는다.

바람 1

바람 위에서
바람이 불고 있다.
바람보다 더 높이 떠 있기 위하여.
남아도는 밑은 마다하고
환상의 높이까지
치고 날아오르더니,

삽시간에 내려앉는
산발한 머리카락
더러운 도심의 발바닥을 핥고 있다.

바람 2

506호 여자와
복도에서 마주쳤을 때
나는 알았다.

아무리 보아도
그녀의 눈은 안 보이고
눈 속에 이는 바람소리만 크게 들렸다.

하얀 날개 같은 블라우스 속에
바람을 숨기고
그녀는 엘리베이터를 탔다.
쉭쉭 바람을 타고 땅으로 내려가는 여자.

506호 앞에서
성난 남자와 만났다.
머리카락은 강풍이 되어 펄럭거리고
그 바람소리에
울다, 떨다 잠이 드는 어린것들이
매일 밤 바람이 되는 꿈을 꾼다.

꿈에서
바람이 된 엄마를 만나나보다.

바람 3

세상의 모든 것이 죽은 체하였습니다.
눈뜨라
눈뜨라

그때마다
잔풀만 쓰러져 피를 흘리고
무너뜨리고 싶은 것들은
사납게 살아 있습니다.
나는 남쪽으로 쫓겨갑니다.
빈 몸으로

달빛

제일 빛나게 익은 것으로 골라
하늘에 걸어놓고
바다같이 열린 눈으로
보고 또 보면

보아도 보아도 보여지지 않다가
웃고 서 있다가
달빛의 끝은 이마에 걸려
체온으로 남아 있습니다.

너희는 섬이다

—동해 바다에서 미역감는 어린이들을 보며

여름이 되면
하늘에 떠서 푸르르던 그 바다가
땅으로 내려온다.

하늘처럼 보이던 바다는
천천히 내려와 맘껏 풀린다.
그 속에서
물 튀기며 미역감는 너희들은
떠도는 섬이다.

물장구 치려 엎드리면
신기한 물소리가 감도는
너희는 생각하는 섬이다.

입술을 간질이는 물을 헤치고
아무리 깊이깊이 잠수해도
바닷속을 힘있게 걸어나오는
너희는 솟아오르는 섬이다.

가물가물한 곳까지
푸르러버린 이 빛깔
이것은 너희의 꿈빛깔이다.
섬은 침묵한다.
앞으로 하늘로 깨어나기 위해 침묵한다.

너희는 섬이다.
동해·서해를 지나 인도양·대서양·태평양·우주
어디서나 혼돈 없이 번득일 수 있는

너희는 귀한 섬이다.
아름답게 살아 있는
우리의 섬이다.

밤낚시

하늘 빛깔은 다 강으로 흘러갔다.

암컷의 물고기떼들은 그 빛깔이 좋아서 눈부시게 지느러미를 떨다가 푸른 알을 낳고 강 끝으로 간다.

거기서
하늘 보고
달을 봐도
푸르름에 못 풀리는 갈증으로
밤새 자맥질쳐도 자맥질쳐도
더는 못 풀린다.

그때
수심을 간질이며 내려오는 덫
죽음의 덫.

갈증의 언저리를 어지럽게 맴돌다 지쳐버린 덫은, 찬란한 푸르름
그 빛깔이 좋아서
그 죽음의 빛깔이 좋아서
어지럼증은 더욱 심하고, 덫은 두 개의 작은 점으로 엇갈리다 한순간에 겹쳐진다.

'아 아'
겹쳐진 그 점을 삼키고 지는 목숨

입도 닫지 못했다.

그가 버린 하늘엔
거짓말처럼 어느덧 달이 뜬다.
이미 서슬간 비늘에 짓푸르게 쏟아져내리는 달빛.
그 푸른 달빛.

그리움

잠자리까지 따라와
자고 간 목소리가
맑은 아침
투명한 국그릇에서도 둥둥 떠다닌다.

커튼만 가르면
돌팔매같이 날아올 그리움 때문에
시간마다 못질하여 봉해두지만

지른 빗장을 풀고
그림처럼 나와
나의 가린 한쪽을 들여다보는 눈.

아무도 몰래
가위질해도
가위질해도
웃고 서 있는 그림자 하나— 따라온다

산

진달래가
지리산 가슴 한쪽을
다 덮어도
한마디 말을 안했다.

나무들이
산에 기대어
궂은비 다 맞고 남루해도

풀꽃들이
제풀에 시들해져서
배반하고 떨어져 죽어도

처음 돋은 자리에
도로 솟아서
아!
얼마나 더 오래 서 있을 것인가?

신춘

노크도 없이
빈자의 가슴을 열고
흰 새가 돌아온다.

눈부신 은빛 깃털에
오그라진 뼈를 적시며
해묵은 연민을 사르는 상수리나무

산골네
깊고 깊은 가슴골 생채기를 만지다
돌아온 밝은 미소

질기디질긴
겨울의 팔뚝을 찢으며
온갖 미소 거느리고
아직은 옹색하게 돌아온다.

시인의 익사

소양강에서 불을 켜들고
시인의 속살을 찾고 있었다.

흔적도 없이
도도하게 숨어버린 그의 모습과 일상.

자지러질 듯
자맥질해도
자맥질해도
강물만 가득 미끄러지고
강에 남아 떠내려가지 못하고 있는 것은
그의 생채기에서 돋아났던 빛부신 시어뿐이다.

달 아래
사람처럼 누워 있다.
꺾여진 시인의 빈 구두 한 켤레.

넘실대던 그의 몸이 너무 가벼워
더는 닳지 못하고 우뚝한 굽.

시인은 물 따라 흙으로 가고,
되돌아온 시심이 그것을 신고
진하게 발자국을 찍으며
강가 들풀 위에 나란히 떨고 있다.

꽃꽂이

청자 접시 가슴을 열고
엉겅퀴 두 단을 풀어낸다.

쭉쭉 뻗은 부들대를
매듭지듯 세워놓고
엉겅퀴의 머리를 풀어
밑둥 언저리를 채우면

갯질경이 모시풀 눕던
유년의 풀숲이
손 아래 와 있다.

푸릇한 접시물에
성한 목숨을 던지고도
오색빛깔의 영롱한 열기로 아직도 설레는 꿈.
꽃 꿈을 보며

나는 듣는다
지지지 꽃대궁 마르는 소리

문학동네포에지 061
귀 안에 슬픈 말 있네

초판 인쇄 2022년 1월 25일
초판 발행 2023년 2월 6일

지은이—최문자
책임편집—김민정
편집—유성원 김동휘 권현승 유정서
표지 디자인—이기준 김유진
본문 디자인—이주영
마케팅—정민호 이숙재 김도윤 한민아 이민경 정유선 김수인
브랜딩—함유지 함근아 김희숙 고보미 박민재 박진희 정승민
제작—강신은 김동욱 임현식
제작처—영신사

펴낸곳—(주)문학동네
펴낸이—김소영
출판등록—1993년 10월 22일 제2003-000045호
주소—10881 경기도 파주시 회동길 210
전자우편—editor@munhak.com
대표전화—031-955-8888 / 팩스—031-955-8855
문의전화—031-955-2696(마케팅), 031-955-8865(편집)
문학동네카페—http://cafe.naver.com/mhdn
인스타그램—@munhakdongne / 트위터—@munhakdongne
북클럽문학동네—http://bookclubmunhak.com

ISBN 978-89-546-9008-9 03810

www.munhak.com

문학동네